Schulausgabe

Zu diesem Titel sind
Ravensburger Materialien zur Unterrichtspraxis
erhältlich.

Nähere Informationen finden Sie
am Ende des Buches.

Leserabe
2. Lesestufe

Amanda Krause

Piratengeschichten

Mit Bildern von Irmgard Paule

Ravensburger Buchverlag

Bibliografische Information Der Deutschen Bibliothek:

Die Deutsche Bibliothek verzeichnet diese Publikation
in der Deutschen Nationalbibliografie.
Detaillierte bibliografische Daten sind im Internet
über **http://dnb.ddb.de** abrufbar.

4 5 6 09 08 07

Ravensburger Leserabe

Umschlagbild: Irmgard Paule
Umschlagkonzeption: Sabine Reddig
Redaktion: Claudia Ondracek
Printed in Germany
ISBN 978-3-473-38055-8

www.ravensburger.de
www.leserabe.de

Inhalt

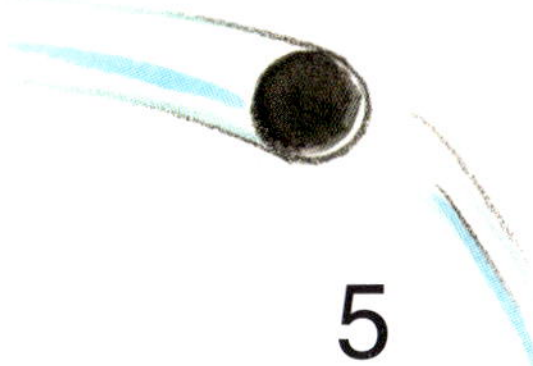

Volltreffer

„Jippih“, trällert Schwarzbart
und stapelt
die Kanonenkugeln.
„Endlich lichten wir Anker!“
Alles an Bord wird
auf Hochglanz gebracht:
Die Segel werden geflickt,
die Kanonenrohre poliert
und die Piratenflagge
flattert auch schon am Mast.
Das Piratenschiff Haifischzahn
kann endlich wieder
auf Kaperfahrt gehen,
denn die Geldtruhen sind leer
und die Vorratskammern auch.

Kapitän Holzwurm ruft
seine Leute zusammen und sagt:
„Beim Kapern darf es nicht hapern.
Übt lieber noch einmal zielen!“
Die Piraten maulen und meckern.
„Das haben wir doch schon
in der Piratenschule gelernt!“,
schimpft Einauge.
„Na, dann beweise mal,
wie gut du triffst“,
meint Kapitän Holzwurm.

Er rudert los und verteilt
überall in der Bucht Ziele:
Eine Luftmatratze, eine Plastikente,
ein Floß und einen Schwimmring.
„Beute in Sicht“, ruft Holzwurm.
„Los, versenkt die Luftmatratze!“

„So ein doofer Kinderkram“,
maulen die Piraten und stopfen
missmutig die Kanonen.

„Feuer und Schuss“, brüllt Einauge.
Er zündet die Kanone.
Aber die Kugel platscht ins Wasser,
weit hinter der Luftmatratze.
Die anderen Piraten kichern.
„Ich zeige dir, wie das geht!“,
prahlt Schwarzbart.
Er zielt und feuert.
Aber die Plastikente
wird nicht einmal nass.

Die Piraten feuern
eine Kanone nach der anderen ab,
aber niemand trifft.

„Hört sofort auf,
ihr schielenden Krähen!“
Wütend rudert Holzwurm
zum Piratenschiff zurück.
„Au weia! Jetzt gibt es Ärger“,
murmelt Einauge nervös.
„Wir müssen ihn aufhalten!“

Aber womit?
Alle Kanonenkugeln
sind verschossen.
„Damit geht's", ruft Schwarzbart.
Er schleppt einen Eimer herbei.
Die anderen kichern.
Hastig stopfen die Piraten
die Kanone.

„Feind in Sicht", ruft Einauge.
„Feuer und Schuss!" Bumm!
„Jippih, getroffen!"

Und wirklich: Kapitän Holzwurm
ist von oben bis unten
mit stinkenden Fischgräten
und fauligem Seetang bedeckt.
Er brüllt wütend:
„Ihr verflixten Blindschleichen!“

„Wieso Blindschleichen?“,
fragt Schwarzbart grinsend.
„Das war doch ein Volltreffer!“

Zwei Morgenmuffel

„Frühstück für den Kapitän!“,
sagt der Koch wie jeden Morgen
zu Nils, dem Küchenjungen.
„Immer ich!“, seufzt Nils.
Er nimmt die große Kiste
mit heißem Grießbrei und
einer Tasse dampfendem Kaffee.

In der Kapitänskajüte
wird laut geflucht:
„Verdammt und zugenäht,
wo bleibt mein Frühstück?
Ich habe Hunger wie ein Wal!"

Nils klopft und öffnet die Tür.
„Wieso kommst du jetzt erst?",
schreit der Kapitän und wirft
einen Stiefel nach Nils.

Nils duckt sich und schiebt
die Kiste in die Kajüte.
Dann macht er die Tür
schnell wieder zu.
Der zweite Stiefel donnert
von innen gegen die Tür.
„Glück gehabt“, seufzt Nils.

Eine halbe Stunde später
bringt der Kapitän das Geschirr
zurück in die Küche.
Nach dem Frühstück hat er
immer die allerbeste Laune.

„Das Frühstück war köstlich.
Vielen Dank, Nils!“

Ehe Nils etwas erwidern kann,
ruft der Mann im Ausguck:
„Hilfe, ein Seeungeheuer!“
Nils, der Kapitän und alle Piraten
laufen an die Reling.

Tatsächlich taucht vor dem Schiff ein riesiges Seeungeheuer aus dem Meer.
„Kanonen klar!“, brüllt der Kapitän.
Die Piraten zielen und feuern.
Aber die Kanonenkugeln prallen an der Haut des Ungeheuers ab wie Gummibälle.

Das Seeungeheuer peitscht
den Schwanz ins Wasser.
„Igitt!“, sagt der Kapitän und
gießt das Wasser
aus seinem Stiefel.
Das Ungeheuer
kommt näher.
Und es hat
ganz üble Laune,
das sieht man
sofort!

„Was sollen wir jetzt bloß tun?“,
fragen die Piraten.
Der Kapitän ist ratlos.

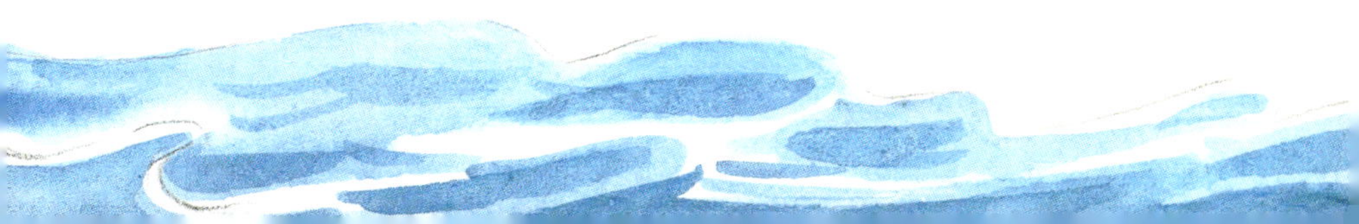

„Holt unsere Vorräte“, ruft Nils.
„Ladet damit die Kanonen
und schießt ihm direkt ins Maul!“
Keiner hätte es geglaubt.
Aber das wirkt.

Das Seeungeheuer sperrt
sein riesiges Maul weit auf.
Gierig verschlingt es
45 Streuselkuchen,
15 Kisten Bananen
und 12 Schinken.
Dann rülpst es zufrieden
und taucht unter.

Die Piraten seufzen erleichtert:
„Das war eine tolle Idee, Nils!“
„Woher wusstest du,
dass das Ungeheuer Hunger hat?“,
fragt der Kapitän erstaunt.
„Ganz einfach: Sie haben
vor dem Frühstück auch immer
ungeheuer schlechte Laune!“,
antwortet Nils.
Der Kapitän grinst und sagt:
„Zum Glück weißt du, wie man
mit Morgenmuffeln umgeht!“

Fenlasen für Christine

Leif ist ein schrecklicher Pirat –
und seitdem er
die Piratin Christine kennt,
ist er außerdem verliebt.
Er bringt ihr immer etwas mit,
wenn er zur See fährt:
Säbel, Kekse, Hüte, Messer ...
Aber das nächste Mal will Leif
etwas Besonderes für sie finden.
Christine hat nämlich Geburtstag!

„Über was freut sie sich wohl?“,
überlegt Leif und grübelt.
Wenn die anderen Piraten
ein Schiff kapern,
merkt Leif das gar nicht.
Schließlich haben die Piraten
die Nase gestrichen voll.
„Du sollst kapern
und nicht grübeln“, sagen sie.
„Frag Christine doch, was sie will!“

In der Meerenge von Gibraltar
finden sie endlich Christines Schiff.
Leider ist der Wind sehr stark.
Sie können nicht
nahe heranfahren.
„Was wünschst du dir
zum Geburtstag?“, brüllt Leif.
„…lasen!“, ruft Christine zurück.
„Was?“, schreit Leif.

„...fenlasen!“,
ruft Christine, so laut sie kann.
„Was?“, schreit Leif wieder.
Aber da kommt
ein heftiger Windstoß
und Christines Schiff
segelt pfeilschnell davon.
„Was sind denn Fenlasen?“,
fragt Leif die anderen Piraten.
Die zucken ratlos
mit den Schultern.

Auf den nächsten Schiffen,
die sie kapern,
ruft Leif nicht mehr:
„Geld oder Leben!“
Sondern er fragt:
„Habt ihr Fenlasen geladen?“
Aber weder die Kaufleute
noch die feinen Damen wissen,
was Fenlasen sind.

„Vielleicht kann man Fenlasen
nicht rauben“, überlegt Leif.
„Vielleicht muss man sie kaufen.“
Im nächsten Hafen
geht er an Land.
Er fragt beim Bäcker:
„Haben Sie Fenlasen?“
Der Bäcker schüttelt den Kopf.
„Wir haben Brot und Kuchen,
aber keine Fenlasen“, sagt er.

Also versucht Leif
sein Glück im Spielzeugladen.

Aber auch hier sagt der Verkäufer:
„Fenlasen haben wir nicht,
nur Puppen, Autos und Bälle."
„Wo gibt es denn Fenlasen?",
fragt Leif verzweifelt.
Der Verkäufer überlegt.
„Ich glaube, die kann man
gar nicht kaufen", sagt er.
„Die muss man selber basteln."

Also geht Leif zurück aufs Schiff.
Er klebt und backt und malt.
Er bastelt die schönsten Fenlasen,
die man sich vorstellen kann.
Am 2. Mai packt Leif die Fenlasen
in einen bunten Karton
und schenkt sie seiner Freundin.
Christine freut sich sehr.
„Deine Fenlasen sind viel schöner
als die Seifenblasen, die ich mir
von dir gewünscht hatte!“,
sagt sie und gibt Leif
einen dicken Kuss.

Oskar, der Glückspilz

Seinen Goldtaler hütet Oskar
wie seinen Augapfel.
Der Taler war nämlich
Oskars erste Piratenbeute.
Den hat er immer
in der Hosentasche.
Denn mit diesem Goldtaler
hat er Piratenglück.

Oskar klettert in den Ausguck.
Da hört er etwas klirren.
Er schaut nach unten.
Sein Taler rollt über die Planken.
„Hilfe, mein Taler!“, schreit Oskar.
Sein Freund Knut springt herbei
und will den Goldtaler retten:
Zu spät, der Taler versinkt im Meer.

Oskar fasst in seine Hosentasche.
Darin ist ein großes Loch.
Er klettert nach unten
und starrt ins Wasser.
Wo ist nur sein Goldtaler?
Oskar kann ihn nicht sehen.
Was soll er jetzt nur tun?
„Angeln“, rät ihm sein Freund Knut.
„Mit einem Magneten!“

„Gute Idee", ruft Oskar begeistert.
Er bindet einen Magneten
an die Angel und fängt an.
„Ich hab was",
sagt Oskar aufgeregt
und zieht die Beute hoch.
Aber es ist nur ein krummer Nagel.

Oskar fischt alles Mögliche heraus:
eine verbeulte Dose,
ein verrostetes Messer
und sogar einen Kompass.
„Du Glückspilz“, sagt Knut.
„So einen wollte ich
schon immer haben.“
Oskar gibt ihm den Kompass.
Er ist kein Glückspilz!
Ohne seinen Goldtaler
ist er ein Pechvogel.

„Mit dem Magneten
klappt das nicht!“,
sagt Oskar unglücklich.
„Dann tauch doch nach dem Taler“,
schlägt Knut vor.
Oskar wird knallrot.
„I-ich ka-kann do-doch nicht
gut schwimmen“, stammelt er.

Aber Knut hat eine Idee:
Er bindet Oskar
ein Seil um den Bauch.
„Damit kann ich dich halten
und hochziehen“, erklärt Knut.

Oskar will nicht tauchen.
Aber ein Pechvogel sein
will er erst recht nicht.
Also springt er mutig ins Meer.

Er bekommt Wasser in die Nase,
doch er geht nicht unter.
„Bereit zum Tauchen?“, fragt Knut.
„Wenn du wieder hochwillst,
zieh einfach am Seil!“
Oskar nickt tapfer.
Er holt tief Luft,
hält sich die Nase zu und taucht.
Zum Glück ist die Bucht nicht tief.

Auf dem Meeresgrund sieht er
nur Sand und Steine und Fische.
Dann entdeckt er ein Glitzern.
Oskar greift danach.
So ein Glück: Das ist sein Taler!
Und direkt neben dem Taler steht
eine kleine goldene Truhe.

Aufgeregt zieht Oskar am Seil.
Knut holt ihn schnell hoch.

„Ich hab ihn“, japst Oskar
und hält den Goldtaler hoch.
„Ich muss aber noch mal runter.
Da steht noch eine goldene Truhe!
Ich binde das Seil drum,
dann können wir sie hochziehen!“
„Aber ...“, ruft Knut.
Doch Oskar
taucht schon wieder runter.
Er bindet das Seil um die Truhe
und schwimmt zurück nach oben.

„Da bist du ja“, ruft Knut erleichtert
und hilft Oskar aufs Schiff.
„Ich dachte,
du kannst nicht schwimmen?“
Oskar lacht.
„Glückspilze lernen schnell“,
sagt er.
„Und Glückspilze
mit einem Glückstaler
finden sogar einen Schatz!“
„Aber nur, wenn sie ein Loch
in der Hosentasche haben“,
erwidert Knut grinsend.
Und dann ziehen sie gemeinsam
die goldene Truhe an Bord.

Amanda Krause
studierte Sprachen und Geschichte. Daher weiß sie auch so einiges über Piraten. Für sie selbst wäre dieser Beruf allerdings nichts: Auf hoher See wird Amanda Krause nämlich seekrank. Deshalb paddelt sie lieber mit kleinen Kanus auf windstillen Seen und ruhigen Flüssen herum – aber auch da erlebt sie manchmal spannende Abenteuer ...

Irmgard Paule
arbeitete lange Zeit als Werbegrafikerin. Nach 10 Jahren hatte sie genug davon und fing an, Kinderbücher zu illustrieren. Davon hat sie nämlich schon als Kind geträumt. Und seitdem bevölkern die witzigen Figuren von Irmgard Paule unzählige Bücher: Ihre frechen Hexen düsen auf schnellen Besen durch die Lüfte, Karo Karotte treibt immer und überall Schabernack, und ihre Piraten machen sämtliche Weltmeere unsicher ...

Leserätsel
mit dem Leseraben

Super, du hast das ganze Buch geschafft! Hast du die Geschichten ganz genau gelesen? Der Leserabe hat sich ein paar spannende Rätsel für echte Lese-Detektive ausgedacht. Mal sehen, ob du die Fragen beantworten kannst. Wenn nicht, lies einfach noch mal auf den Seiten nach. Wenn du die richtigen Antwortbuchstaben in die Kästchen auf Seite 42 eingesetzt hast, bekommst du das Lösungswort.

Fragen zu den Geschichten

1. Warum sollen die Piraten Zielen üben? (Seite 6)
S: Weil sie es in der Piratenschule nicht gelernt haben.
K: Damit sie besser Schiffe kapern können.

2. Warum ist der Kapitän morgens so schlecht gelaunt? (Seite 13)
A: Weil er solchen Hunger hat.
E: Weil ihm das Frühstück nicht schmeckt.

3. Warum weiß Nils, wie man das Seeungeheuer besänftigt? (Seite 19)
   - P: Weil der Kapitän auch ein ungeheurer Morgenmuffel ist.
   - B: Weil der Kapitän auch ein Ungeheuer ist.

4. Warum ärgern sich die anderen Piraten über Leif? (Seite 21)
   - E: Leif will die ganze Zeit Schiffe kapern.
   - I: Leif denkt immer nur nach, statt Schiffe zu kapern.

5. Weiß der Verkäufer im Spielzeugladen wo es Fenlasen gibt? (Seite 26)
   - S: Ja, er verkauft Leif einen ganzen Karton voll.
   - T: Nein, aber er rät Leif, welche zu basteln.

6. Warum taucht Oskar am Ende doch noch? (Seite 33 und 34)
   - N: Er will seinen Glückstaler wiederhaben.
   - M: Weil er seinem Freund zeigen will, dass er keine Angst vorm Wasser hat.

LÖSUNGSWORT:

1	2	3	4	5	Ä	6

K

Rabenpost

Super, alles richtig gemacht! Jetzt wird es Zeit für die RABENPOST.
Schicke dem LESERABEN einfach eine Karte mit dem richtigen Lösungswort.
Oder schreib eine E-Mail. Wir verlosen jeden Monat 10 Buchpakete unter den Einsendern!

An den LESERABEN
RABENPOST
Postfach 20 07
88 190 Ravensburg
Deutschland

leserabe@ravensburger.de
Besuche mich doch auf meiner Webseite:
www.leserabe.de

Ravensburger Bücher vom Leseraben

1. Lesestufe für Leseanfänger ab der 1. Klasse

ISBN 978-3-473-**36178**-6

ISBN 978-3-473-**36179**-3

ISBN 978-3-473-**36164**-9

2. Lesestufe für Erstleser ab der 2. Klasse

ISBN 978-3-473-**36169**-4

ISBN 978-3-473-**36067**-3

ISBN 978-3-473-**36184**-7

3. Lesestufe für Leseprofis ab der 3. Klasse

ISBN 978-3-473-**36177**-9

ISBN 978-3-473-**36186**-1

ISBN 978-3-473-**36188**-5

ERZ_06_009

www.ravensburger.de / www.leserabe.de

Ravensburger

Ravensburger Bücher vom Leseraben

Leserabe

Lesespaß für Leseprofis ab der 3. Klasse

ISBN 978-3-473-**36024**-6

ISBN 978-3-473-**36069**-7

ISBN 978-3-473-**36022**-2

ISBN 978-3-473-**36023-9**

ISBN 978-3-473-**36091**-8

ISBN 978-3-473-**36052**-9

ISBN 978-3-473-**36187**-8

ISBN 978-3-473-**36176**-2

ISBN 978-3-473-**36010**-9

www.ravensburger.de / www.leserabe.de

Ravensburger

ERZ_06_011

Ravensburger Materialien zur Unterrichtspraxis

- handlungsbezogen
- produktionsorientiert
- fächerverbindend

Ravensburger Materialien zur Unterrichtspraxis – früher unter dem Namen Ravensburger Arbeitshilfen – werden seit 1987 zu ausgewählten Kinder- und Jugendbüchern des Verlages hergestellt. Das Angebot umfasst derzeit über fünfzig Titel und wird ständig erweitert.

Ravensburger Materialien zur Unterrichtspraxis sind eine wertvolle Hilfe zur Unterrichtsvorbereitung – sowohl im Fach Deutsch als auch in benachbarten Fächern wie Religion, Ethik, Geschichte oder Sozialkunde. Nutzen Sie die vielen Pluspunkte der Ravensburger Materialien zur Unterrichtspraxis:

- von LehrerInnen für LehrerInnen entwickelt
- im Unterricht erprobt
- orientiert an den Lehrplänen der Länder
- mit Kopiervorlagen für Arbeitsblätter
- interessante Begleitmaterialien wie Lesehefte oder Spielpläne

Ravensburger Materialien zur Unterrichtspraxis tragen durch einen vielseitig-kreativen Umgang mit Büchern dazu bei, die Lust am Lesen frühzeitig anzuregen, zu fördern und zu verstärken.

Nutzen Sie die Möglichkeit des kostenlosen Downloads unter unserer Internetadresse **www.ravensburger.de** oder bestellen Sie die Materialien über den Buchhandel zum Preis von 4,95 €.

Ravensburger Buchverlag
Pädagogische Arbeitsstelle
Postfach 1860

88188 Ravensburg